★ j'apprends ★
à l
avec Sam

CW00819625

Sami fait
de la magie

Emmanuelle Massonaud

hachette
ÉDUCATION

Avec Sami et Julie, lire est un plaisir !

Avant de lire l'histoire

- Parlez ensemble du titre et de l'illustration en couverture, afin de préparer la compréhension globale de l'histoire.
- Vous pouvez, dans un premier temps, lire l'histoire en entier à votre enfant, pour qu'ensuite il la lise seul.
- Si besoin, proposez les activités de préparation à la lecture aux pages 4 et 5. Elles permettront de déchiffrer les mots les plus difficiles.

Après avoir lu l'histoire

- Parlez ensemble de l'histoire en posant les questions de la page 30 : « As-tu bien compris l'histoire ? »
- Vous pouvez aussi parler ensemble de ses réactions, de son avis, en vous appuyant sur les questions de la page 31 : « Et toi, qu'en penses-tu ? »

Bonne lecture !

Couverture : Mélissa Chalot
Réalisation de la couverture : Sylvie Fecamp
Maquette intérieure : Mélissa Chalot
Mise en pages : Typo-Virgule
Illustrations : Thérèse Bonté
Édition : Ludivine Boulicaut

ISBN : 978-2-01-707613-1
© Hachette Livre 2019.

Achevé d'imprimer en Espagne par Unigraf
Dépôt légal : Janvier 2019 - Collection n° 12 - Édition 01 - 72/0703/4

Les personnages de l'histoire

Papa

Maman

Julie

Sami

Tom

Pour préparer la lecture

1 Montre le dessin quand tu entends le son (j) comme dans ma<u>g</u>ie.

2 Montre le dessin quand tu entends le son (g) comme dans <u>g</u>âteau.

3 Lis ces syllabes.

men	gi	bra	croi	cret	trou
choi	chi	nœu	sis	cor	çon

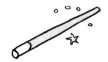

4 Lis ces mots-outils.

ça est sont et lui

quand avec très c'est que

5 Lis les mots de l'histoire.

une colombe   un livre   un nœud

les cartes   la magie   un assistant

Sami est admiratif.

Ces tours de magie

sont vraiment fabuleux !

– Oh, une colombe !

De retour à la maison,
Sami n'a qu'une idée
en tête : réussir à faire
de la magie.
Mais comment faire ?
– Tu dois trouver un livre
de magie, lui dit Julie.
– Super idée !
répond Sami qui file
à la librairie.

Enfin, il a trouvé
un très gros livre rempli
de tours de magie.
– Eurêka ! Génial !
À moi la magie !

Il se met à lire. Hou, là, là !
ça a l'air drôlement
compliqué... Commençons
par le nœud impossible :
un bout de ficelle,
et c'est parti !
Il s'entraîne, une fois, deux
fois. La ficelle s'emmêle
un peu... mais non,
chouette !
Ça marche !

Très fier de lui, Sami
annonce :

– Samedi, je vous ferai
des tours de magie,
tenez-vous prêts !

– Formidable ! s'écrient
Papa et Maman.

C'est samedi !

Sami a invité Tom et l'a engagé comme assistant.

– Je suis sûr que vous n'êtes pas capables de faire un nœud avec cette corde sans la lâcher, dit Sami.

Tout le monde s'emmêle les doigts et les ficelles... et rate lamentablement.

17

– Regardez-moi

attentivement, dit Sami :

je ne lâche jamais

ma corde ! Hop ! bras

croisés, bras décroisés,

il réussit parfaitement

le tour.

Papa et Maman sont

très épatés.

Julie est intriguée :

Comment fait-il ?

Encouragé par son public,

Sami continue :

– Nous allons réaliser,

devant vous, le numéro

du chiffre secret. Je sors

du salon, et vous choisissez

un chiffre que je devrai

découvrir.

Appelez-moi quand vous

serez prêts...

Tout le monde se concerte.

Chuchotis par-ci,

chuchotis par-là...

On choisit le nombre 100.

– Monsieur l'assistant

a retenu le chiffre ?

– Oui ! répond Tom.

– Sami, tu peux venir !

s'écrie Julie.

Avec le plus grand calme,
Sami pose ses doigts contre
les tempes de Tom.
Les secondes passent...
pas un mot.

Tout à coup, Sami se met
en colère :
– Mais c'est archi-nul,
c'est un nombre plus grand
que 10 !

– On recommence, dit Sami,
mais avec un nombre
entre 1 et 10 !

Quand Sami réapparaît
pour deviner le chiffre,
il remet ses doigts
sur les tempes de Tom
et compte tout fort :

– 1, 2, 3, 4, 5, 6, 7... 7 !

Vous avez choisi le 7 !

– Bravo ! Oui, c'est le 7 !

C'est magique !

– Tu me donnes le truc ?
demande Julie.

– C'est super fastoche,
répond Tom, j'ai serré
les dents 7 fois, et Sami
l'a senti sur mes tempes.

– Je t'avertis, dit Sami,
c'est la dernière fois qu'on
te donne le truc. La magie,
c'est mon secret !

29

As-tu bien compris l'histoire ?

1 Qui est l'assistant de Sami ?

2 Où Sami trouve-t-il ses tours de magie ?

3 Quel tour de magie la famille n'arrive-t-elle pas à faire ?

4 Pourquoi la famille applaudit-elle Sami ?

5 Quel est le chiffre secret trouvé par Sami ?

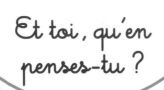

Et toi, qu'en penses-tu ?

Es-tu déjà allé(e) à un spectacle de magie ?

Connais-tu des tours de magie ?

Fais-tu des spectacles devant ta famille (chant, danse...) ?

Et si tu avais une baguette magique, quel tour ferais-tu ?

Dans la même collection :